하 와 와,

너에게 꽃을 주려고

하 와 와,

너에게 꽃을 주려고

박진성 연애시집

미디어샘

내가 있어서
당신을 쓸 수 있는 게 아니라
당신이 있어서
나는 겨우 쓸 수 있습니다.

당신에게 이 시집을 바칩니다.

2018년 시월, 박진성

나비

너 있던 곳에서
나 있는 곳으로

나비가 한 마리 날아왔다

온 세계가 옮겨왔다

얼굴

네가 한번 웃으면
여름 강의 물새들이 한꺼번에
우르르 강물 밖으로 뛰쳐나왔다

네가 한번 우는데
강변 나무들이 한꺼번에
이파리를 흔들며 빛났다

너의 얼굴,
나의 처음이자 끝인

그곳에서 나의 세월이 흐르고 있다

밤

당신과 천변을 걷다보면 밤이었다
우리는 물가를 사랑했다

밤에만 보이는 것들이 있어서
나는 본다, 부끄러움을 사랑하는
그대의 몸

사랑은 어둠을 사랑하고
강은 어두워질 때 물소리를 사랑하고

우리는 걷다가 걷다가
서로의 몸에서 더 어두워졌다

천변이 길어지고 있었다
강보다 너의 입술이 더 길었다

자전거

너의 뒤에서
너를 쫓아가면서
마침내 너를 놓아주면서

웃었다

너도 소리를 지르면서
같이 웃었다

거리

나무들 사이에 거리가 있어
나무들이 살 수 있는 것처럼

그대와 나 사이에 거리가 있네

그 거리로 강물이 지나고
그곳으로 바람이 불고
그 좁은 곳으로 평화와 고요
그런 낱말들도 오가고

그 거리가 그대와 나를
지켜주리라

꽃이 피리라
꽃이 지리라

웃으리라

꿈

수요일에 비를 맞고 있는 너를

금요일에 우산을 쓰고 기다렸다

햇빛이 쏟아지고 있었다

대천

흐린 날
우리는 백사장에 나란히 앉아
수평선을 바라본다

여기서 간결하게 울고
우리는 다시 가야 한다
물새 떼, 층층이
공중에 계단을 만들고

흐린 날
너의 슬픔이 매달려 있는 높이에서
비가 내리기 시작한다

저기서 날고 있는 새들의 울음으로
우리는 또 한 계절을 살아내리라

우리는 천천히 백사장을 떠났다

사과

사과나무에
사과 꽃이 피었다가
사과 잎이 머물렀다가
사과 열매가 열리는 것처럼

나는 당신에게 매달려 있네

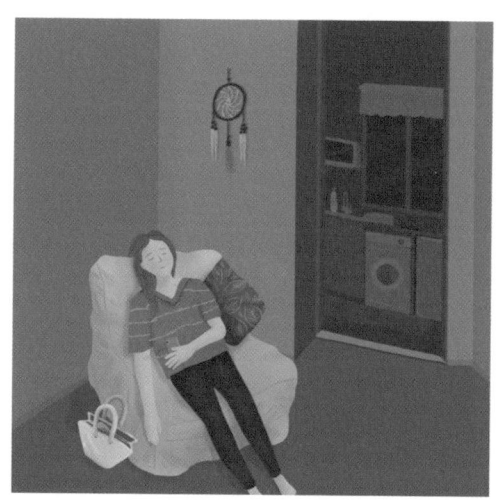

너 대신 울었다

네가 울지 못하는 날엔
꼭
내가 울었다

너 대신 울었다

세월

너를 만나고 물푸레나뭇잎이 되었네
네가 웃는 곳 끝에서 매달려
더 먼 곳까지 가보았네
한 번 뒤집어지면 먼 바다였네

다시 돌아누우면 해가 지고 있는
너의 어깨였네

너에게 매달려서
나뭇잎 한 잎의 기쁨을 알았네

우리는 가지 끝에서 나란히
그 여름 내내 나뭇잎으로 흔들렸네

누가 먼저 물들까 망설이지 않고
나란히 다시 나란히 지상으로
돌아왔네 바닥에서 뒹굴다가

사라졌네 더 먼 곳으로
같이 사라졌네
빈 공중에 매달린 웃음 소리들
사라지지 않네

긴 겨울이었네

네가 사라지고

너와 헤어지고 맨 처음 한 일은
가만히 침대에 누운 일

뛰고 있는 심장 소리를
물끄러미 들은 일
너 있을 쪽으로 뛰는 심장을
다독여준 일

피가 흐르고 있을 곳에
피가 흐르게 한 일
피 말고 다른 것이 흐르는
혈관에 안 보이는 혈관에
피를 계속 돌게 한 일

써도 써도 줄지 않는 밤의 공기를
몰래 마신 일
밤 속에는 또 다른 밤이 있구나
생각하는 머리를
톡, 톡, 두드려본 일

이 세상에 혼자 와서
너의 심장 소리에 안심하고
네가 살아 있다는 사실
그 사실 하나로 나도 살았던
며칠 전의 나를 조용히
다독여 준 일

이 세상에 혼자 와서
이제는 너 없이 정말 혼자로
살아가야 할 일을 가늠해보지 않은 일

이 별에 와서 이 별과 어울리지 않는
너를 사랑하고
너를 사랑했던 나를,
가만히 되돌아 본 일

이 침대에 우리는 나란히 누워 있었구나
이 침대에 우리는 나란히 누워 아침을
맞기도 했구나 언젠가의 아침
언젠가의 오전
아이스 아메리카노의 평화 그 작은,
너의 작은 발이 매만지고 있는 내 방의 공기
내 방으로 쏟아지던 햇빛,
그 햇빛에 조용히 깨어서
나를 쳐다보던 너를

생각하지 않은 일
이제는 생각하면 안 되겠구나
혼자 침대에 누워서

피가 돌고 있는 혈관에
피가 잘 돌도록
발을 쭈욱, 뻗은 일
뛰고 있는 심장을 계속 어루만진 일

누워서도 어지러우니 이 현기증은
네가 준 선물이구나, 너 없이 어지러울 날들을
헤아려보지 않은 일

너와 헤어지고 맨 처음 한 일은
너를 절대로 그리워하지 않은 일
이 세상에 혼자 와서
이 세상에서 혼자가 아니도록
네 옆에 있었던
지금은 울먹이고 있는

며칠 전의 나를
며칠 전의 너를
고요하게 작은 공원에 같이 앉아 있도록
토닥여준 일
괜찮아,

이 세상에 혼자 와서
혼자는 아니었구나, 발을 쭈욱, 뻗으며
발가락을 꼼지락거리며
맨발로
안 보이는 너의 맨발에 가만히
닿아본 일

네가 나를 사랑하느라
심장이 다쳤겠구나 혈관
몇 개도 아프겠구나
안 보이는 너의 혈관 속으로

물끄러미 기도를 한 일
나 혼자 침대에 누워서
천장으로 지나는
너의 얼굴을 쓰다듬어준 일

너와 헤어지고 처음 한 일은
너를 절대로 생각하지 않은 일

나는 나무

왜 이렇게 나는 네가 좋을까

너의 눈빛으로 나는 광합성을 하고
네가 걷는 공원의 흙, 그곳에서 나는
우두커니 서 있고

그리고 네가 있는 곳으로부터
바람이 분다

너의 눈물은 내가 닦아줄 거니까
네가 주는 빛과 흙과 네가 주는 물과 공기로

나는 당신의 나무다

구름

볕 좋은 잔디에 누워
구름을 보고 있었지요

당신 얼굴이었다가 팔목
다시 종아리로 다시 복숭아뼈로
변신하는 구름들

당신 쇄골이었다가 어깨
허벅지로 흘러내리는 구름들

왜 당신은 공중에 계십니까
흩어지며 사라지는 구름,
당신의 알몸, 당신의 차가운 이마

나는 공중에서 흐르는
당신을 보고 있었습니다

전화

불을 켜고 나는
불을 끄고 너는

전화기 속에서
목소리로 만났다

여름밤은 짧다
너는 누워 있다고 했다

네 목소리가 너무 예뻐서
나는 가만히 서 있었다

너의 목소리가
형광등보다 밝았다

혼자

혼자 있고 싶다던 네가
혼자 두지 말라고
운다

아무 말 하지 않고

너를 꼭 안아주었다

수화

손으로 하는 말,
수화手話,

우리는 완전한 어둠 속에서
서로의 몸을 만졌다

아무 말도 하지 않았는데
너무 많은 말들이
떠돌아다녔다

밤인데 어두워지지 않았다

한강

우리는 물가에서 놀았다

너의 머플러가 바람에 밀려
날아갔을 때

조심하라고,
풀 밟지 말라고,
개미도 밟지 말라고,

너는 등 뒤에서 말했다

우리는 사소하게
서로의 손을 쓰다듬으며
물가에서 놀았다

물이 어두워지고 있었다

악몽

꿈을 꿨다

모든 것이 완벽한 이 세계에서
너만 없었다

나 혼자 울고 있었다

일요일

고양이는 바닥에서 졸고

너는 고양이를 보다가
안락의자에서 자고 있다

바깥으로는 눈이 내리고
고요도 조용히 잠들어 있는
일요일 오후다

고양이의 감은 눈에도 눈이 내리고
너의 잠 속으로도 눈은 내리고

제자리에 있어줘서 고맙다고
나는 천천히 울기 시작했다

나뭇잎

나뭇잎 하나가
옆의 다른 나뭇잎
하나로 포개지는 것처럼

네가 나를 붙잡고 넘어져
울고 있을 때

그제서야 그게
사랑인 줄 알았다

정말 몰랐다

어디로 가니
왜 가니

깜깜한 버스 안에서
우리는 서로의 손을
물끄러미 만졌다

돌아보면
그 막막함이 사랑이었다

우리가 어디로 가는지
우리는 정말 몰랐다

너의 그림자를 나의 그림자로 안아주었다

너와 밤길을 걸었다

네 그림자가 지쳐 보여서 그만

나의 그림자로 꼬옥 안아주었다

일요일

일요일 저녁의 대학 캠퍼스
우리는 몰래 노래를 들으면서
가만히 앉아 있었다

해가 지다 말고 뉘엿뉘엿
우리를 훔쳐보았다

이마가 반짝일 때까지
더운 달이 떴다가 사라질 때까지

물끄러미, 가만히, 몰래
서로의 몸을 만져보았다

안녕 거제도

내가 거제도에 와서 잘한 일은
아무것도 안 한 일

맨손으로 모래를 쥐었다가
손가락 사이로 흘려보낸 일
당신에게,
다음에 같이 오자,
말하지 않은 일

바다의 반대말은 이곳에서도 공중이라는 것을
노트에 적지 않은 일
마음에서 붐비는 새들에게 마음을 비워준 일
같이 수평선 좌우로 사라져본 일

검은 운동화를 신고 검은 해변을 걸은 일
소리 속에 무덤을 짓는 생각들을 소리 속으로

내가 거제도에 와서 잘한 일은
다친 새를 품에 안은 일
마음의 원근법이 없어질 때까지 새가 사라질
때까지
백사장을 계속 걸은 일

물고기

우리가 물고기라서
하나의 어항에 갇힌 물고기라서

그렇게 영원을 같이 산다면
영원히 헤어지지 않는다면

그것은
축복일까 재앙일까

우리가 물고기라면
하나의 어항에서 같이 사는
물고기라면

사랑한다는 말

한밤의 공원
우리 사이로
쪼르르 흰 개가
지나갔다

사랑한다는 말을 놓아두고
지나갔다

우리는 말없이 서로의 얼굴을
가만히 바라보고 있었다

나와 당신과 늙은 개

당신이 키우는 늙은 개는 얌전합니다

말이 없고
우리는 서로 말이 없고
장 보러 간 당신이나 기다리면서

노을은 창문에서 떠돌고
늙은 개는 내 무릎에서
당신을 기다리고

나도 늙은 개도
조용히 당신이 문 열고 들어올 때
물끄러미
고요한 허기입니다

우리는 밥을 먹으며
조용히 서로를 웃습니다

혼술

혼자 술을 마시다가
혼자 드라마를 보다가
배우와 코미디언이
쫓고 쫓기는 것을 보다가

혼자 웃습니다

당신 알게 되고
아무 말 건네지 못하고
이렇게 혼자 웃는 날 많습니다

꺼진 TV 화면을 보다가
울기도 하는 이유는
당신이 그곳에 계시기 때문입니다

당신은 내가 마시는
술잔 속에도 계십니다

너에게 꽃을 주려고

너에게 선물하려고 오늘 밤 꽃을 샀다
책상에 놓아두었다

빨갛게 타오르는 불,
나의 내일은 너에게
꽃을 주려고 존재한다

잠 속까지 따라와 뒹구는 꽃 이파리들,
너에게 줄 꽃들을 잠으로
돌돌 말고 있다

꽃을 잠재우고 있다

무릎

너의 무릎을 베고 누우면
보이는 구름이 있다

너의 무릎을 닮아서
자글자글 무늬가 많은
구름들, 너의 구름들

하늘에는 무릎이 많아서
저녁에서 밤으로, 아침으로
자주 접히고 나는

너의 무릎을 베고 누워 있다
나의 뒤통수는 너의 무릎을 사랑하고
또 사랑해서 햇빛이 쏟아진다

네가 쏟아진다

커피맨션문장

창문 바깥으로는 비가 내리고 있었다

너는 비를 바라보고
나는 비를 바라보는 너를
바라보았다

머그컵에는 아이스 아메리카노,
얼음이 녹았다

우리의 마음을 우리는
내리는 비에 주고
다 주고
물끄러미

우리 마음의 주인은 우리가 아니었다

고요에 고요를 더해
저녁 내내 비가 내렸다

불가능

물고기에게서 물을 앗아가듯이
나무에게서 흙을 퍼내듯이
가수가 성대를 다치듯이

너를 생각하지 않는 일이
더 어려웠다

하와와

우리가 서로를 잃게 되면
하와와, 안 보이는 곳이라도
그렇게 말하자고 약속하였다

어느 비바람 불고
해무 자욱한 바닷가
시야도 없는 곳에서
하와와, 소리가 들렸다

나는 너무 놀라서
안 보이는 곳으로
안 보이는 사랑을 데리고
안 보이는 너에게로 달려갔다

하와와, 온 바다가 너였다

지하실

지하실에서 불을 끈 건 나였다

촛불을 켜고
살갗을 켜고

우리는 나란히 마주서서

촛농이 녹는 것처럼
녹아서 없어질 것처럼

지하실에서 오랫동안 나가지 않았다

비 맞는 측백나무

네가 나를 떠나간 날
비가 많이 오는 날

너를 따라서 나는
측백나무 속으로 들어갔네

아무도 없었네

빈 곳이었네

한파주의보

너의 종아리가 추워 보여서
입고 있던 패딩으로 가려주었다

추운 몸을 더운 마음으로
덮어주었다

다행이다
곁에 있으니까

겨울이 온기를 좋아해서
네가 간신히 웃어서

햇빛이 쏟아진다

휴양림

동트기를 기다려 그대는 숲으로 간다
알고 있는지

그대가 산책한 것이 아니라
길이 그대의 고요를 훑었다는 것을

아침 고요를
그대가 흩어놓는다

우리는 고요가 깔린 침대에서
나란히 누워 있었다

사랑은 고요를 사랑한다

고요

물고기에게 물이 흐르는 것
나무에게 햇빛이 쏟아지는 것

그리고 그대를 생각하는 것

이것이 나의 고요입니다
고요는 고요하고요

곁에서

곁에서 당신이 자고 있다

불을 끄고
조용에 조용을 다해서
나는 시를 쓴다

당신 숨결 하나에
단어 하나

이 시가 끝날 때까지
당신은 잠자리라

당신이 깰 때까지
이 시는
끝나지 않으리라

창문

나 다시 태어나면
식물도 동물도 아닌
당신의 창문으로 태어나리라

바람 불면 바람 막고
비 오면 비 맞고
눈 오면 당신이 여는
창문으로 태어나리라

애초에 생명이 없어서
영원을 사는

당신의 창문으로 당신의 눈빛을
지키리라
당신의 불면을 고요하게
재우리라

장마

우리는 나란히 우산을 쓰고 걸었다

우산 안으로 비는 내리지 않았다

젖은 너의 머리카락이 나의 뺨으로

계속 내려왔다 장마 내내,

우리는 같은 우산 속에 있었다

호수식당

네가 뼈를 다친 날
무더운 여름날

너는 깁스를 하고
나는 마음에 깁스를
안 보이게 하고

우리는 호수식당에 갔네

안 보이는 곳에서
너의 뼈는 부러지고
안 보이는 곳으로
나도 마음이 다쳐

우리는 나란히 밥을 먹었네
마늘에 고추, 파절이도 한 쌈씩
네 손 대신 내 손으로
네 입에 넣어주었네

무더운 여름날
네가 뼈를 다친 날
밤하늘엔 반달,
더워서 다쳐서 몸의 반쪽을 버린
반달이 떠 있었네

너의 뼈가 어서 붙으라고
나는 혼자 반달에다 대고
기도를 했네

허기진 반달이
도톰하게 밤하늘에서 익고 있었네

창문

환기를 시키려고
창문을 열어놨더니
바람이 쏟아져 들어온다

수많은 네가 불어온다

네가 이렇게 많은 줄 몰랐다
네가 이렇게 기다리는 줄 몰랐다

비

네가 내 앞에서
처음으로 울던 날

하늘은 놀라서
물을 뿌리기 시작했다

그때부터 비는 내리기 시작했다

너는 언제나
내 마음속에서 울고 있다

시차

내가 밤이었을 때 너는 낮이었다

너 있는 곳에서
나 있는 곳으로
바람이 불다가 소멸했다

태평양을 사이에 두고
우리는 다른 시간에서
서로를 그리워했다

이제는 같은 곳에 있어도
이제는 같은 시간을 살아도

마음의 시차,
우리가 넘지 못한,

우리는 영원히 다른 시간에서
살아가리라
잊으리라

태평양 한가운데서
외로운 사랑이 떨고 있다

네 옆에 있었다

네가 울고 있어서
네가 계절이 바뀌도록
계속 울고 있어서

울지 마, 말하려다
그만두었다

계절과 계절 사이로
비가 내렸다

네가 다 울 때까지
네가 다 괴로워할 때까지
너의 슬픔이 마침내 다른 계절로
옮겨갈 때까지

그냥 네 옆에 있었다
그리고 아무 말도 하지 않았다

돌멩이

돌멩이를 주웠네
이름이 없는 돌멩이를
너에게 줬네

온밤 내내
돌멩이의 이름을 지어주다가
끝내 못 지은
돌멩이를 너에게 주었네

이름이 없고
나의 복숭아뼈를 닮은
돌멩이를 너에게 줬네

나의 뼈를 너에게 줬네

울고 있다

울지 마
그만 좀 울어

너에게 말하면서
먼저 울음을 그친 건 나였다

너는 아직까지도 내 마음에서 울고 있다

전화

전화기가 뜨거워질 때까지
우리는 밤새 통화를 했다

가장 가까운 곳에 네가 있고
가장 먼 곳에 네가 있다

사랑하는 사람아
전화기가 차가워지는 것처럼
우리도 언젠가 차가워지리라

그 차가움을 견뎌내리라

가장 가까운 곳에서
그리고 가장 먼 곳에서

우리는 서로를 그리워하리라

바람과 바람

먼저 도착한 바람이
뒤늦게 당도하는 바람과
섞이고 있다

네 마음을 기다리는 일이 그랬다

물의 온도

우리는 천변을 걸었다

물과 물이 서로를 만나서
강물이 되는 것처럼

너의 웃음이 나의 웃음을 밀고
너의 울음이 나의 울음을 덮고

같은 온도로
우리는 계속 걸었다

져준다는 것

너에게 지고
너에게 다시 져주고

마침내 나는
나를 이긴다

인간의 불가능을 이긴다

네가 바라만 봐도 나는, 사랑이다

2호선

오늘은 종일 지하철을 탔다
2호선은 순환선,
오늘은 종일 지하철을 탔다

네가 혹시라도 같은 칸에 있을까 봐
오늘은 종일 지하철을 탔다

이름

같은 꽃들에게도 서로를 부르는
이름이 있을까

우리처럼

그늘

우리는 식물처럼 헤어질 것이다

그 자리에 서 있다가 그 자리에서
같은 뿌리를 두고

나의 울음은 너의 울음을 만나
보이지 않게
그늘을 만들 것이다

누군가 그 그늘에서
일생을 쉬었다 갈 것이다

안부

너의 그림자가 너의 의자였으면 좋겠다

그랬으면 좋겠다

박물관

너를 사랑했던 나의 심장을
내가 죽으면 도려내어
유적처럼 남겨 누군가 전시하리라

세상에, 저런 심장이 있었다고
사람들, 수런거리리라

문

문 하나를 사이에 두고
우리는 서로를 드나들었다

내가 네가 되고
네가 다시 내가 되어서

먼 곳으로 소풍을 갔다가
돌아오곤 했다

조용히 잠들 수 있었다

섬

그해 여름
우리는 섬으로 갔다

섬으로 가서
단둘이

더 작은 섬이 되었다

물소리

우리가 같이 갔던 바닷가 민박집
어둠보다 물소리가 더 많았던
그 밤

소리가 소리에 섞이는 것처럼
우리는 가만히 누워만 있었네

물소리도 사랑하는 물소리가 있어
물의 언어로 다른 물에게
포개지고 있었네

나무야 누워서 자라

온몸이 목인 나무야

목 빼고

너도 기다리고 있구나

연목구어

나무에서 물고기를 찾아낸
어느 선승처럼
나는 너를 만났네

넓은 우주 작은 구석의
기적이었네

손금

너의 손금을 만지다가 울었다

너의 운명을
나의 운명으로 만나면서

저녁이 울고 있었다

숲

내가 벤치에 앉아 기도를 할 때
숲 속의 모든 새들이
네 주위로 모였다

그건 꿈이었는지도 몰라,
세상에 지쳐서 나는
너의 기도 속으로
조용히 걸어 들어갔다

너는 계속 기도를 하고
새들은 또 모이고

나는 너의 기도 안에서
조용히 누워만 있었다

입술

너에게 빌려줬던 책
37페이지에 묻어 있는
립스틱 자국,

네가 보낸 신호

입술의 책이 되었네
책을 빌려줬다가
입술을 돌려받았네

그 책에는 너의 입술이 사네
페이지를 열고 너의 몸을 열고

평생 내가 읽어야 할 문장을
너는 나에게 줬네

이별

썰물 빠져나가는 바닷가를
당신은 걸었습니다

눈가에는 엷은 웃음,
그 뜻을 몰라 나도 당신 따라갔지요

돌아오세요, 이제
밀물 들어올 때입니다

수초 사이로 물고기들 지나고
당신 더 먼 데로 가시고
그렇게 오래 물속에 있습니다

당신 가신다기에
당신을 따라가보았습니다

눈썹

초승달이 두 개 떴다

밤하늘에 하나
네 눈썹에 하나

우리는 밤의 트랙을 같이 걸었다

초승달 두 개를 보면서
너를 보면서 트랙을 돌았다

너의 얼굴에는 달이 떠 있다

내 마음의 파도는
너의 얼굴 쪽으로
밀려갔다가
밀려온다

감옥

내가 자는 모습이 꼭 안중근 아저씨
같다고 너는 말했지만

그 말 듣고
너 자는 모습을 보니

너는 꼭 유관순 누나 같구나

우리는 같은 침대에서
안중근 아저씨랑 유관순 누나가
만나는 그곳으로
잠시 다녀오곤 했다

눈을 감고 밤을 감고
새벽을 닫고
늦게 일어나

서로를 꼬옥 안아주었다
우리는 서로의 감옥이었다

여름

매미들이 운다
한여름 밤이다

피할 곳이 없을 때 내리는 비처럼
더 접을 곳이 없는 종이처럼

매미가 우는 한여름 밤에
너는 떠났다

울기 좋은 곳에서
한여름 밤의 매미가 되어서
울었다

여름이 다 지나갈 때까지
여름을 접어서 가을의 입구를
열 수 있을 때까지

너 없는 곳에서 울었다

다섯 개의 계절

계절이 다섯 개가 있다면

한 계절엔 너를 생각하지 않고도
잠을 잘 수 있다면
그 계절엔 너를 사랑하지 않고도
꽃이 질 수 있다면

계절이 다섯 개가 있어서
사랑하는 일을 잠시
쉴 수 있다면

잠

우리는 새벽에 같이 깨어서
나란히 천장을 보고 있었다

무언가 부족한 게 많아서
무언가 남아도는 게 많아서

우리는 이 세계를 의심하면서
서로의 몸을 만져보기도 했다

그 자리에 있어야 할 것들이
그 자리에 있어서 다행이라고

우리는 서로를 안도시키고
다시 잠들기도 했다

서로에게 잠을
빌려주기도 하면서

우산

비 오면
너 씌어주려고
챙겨다니던 우산

비는 오지 않고
네 주위엔 햇빛만

울고 있다

울고 있는 내 마음에
우산을 씌어주었다

우리는 다른 기후에서 살고 있다

목적지

우리는 계속 갔다
밤의 고속도로를 따라
우리는 남쪽으로 갔다

밤 속에는 또 다른 밤이 있고
계절 안에는 또 다른 계절이 있어서
네 안의 너를 나에게 덜어주면서
나도 너에게 덜어주면서
우리는 같은 온도로 계속 갔다

목적지가 없다는 것
그 사실 하나에 우리는 사소하게
안도했다 안도하면서
바나나 우유 한 모금의 바람
음악 한 곡의 짙은 나뭇잎
손금과 손금을 마주대면서

우리는 같은 기후로 계속 갔다
길의 끝이 어딘지 모르게
가끔은 방향을 잃기도 하면서
어, 어, 저기 바다 보인다,
시시콜콜 차창 밖을 같이 보면서

서로 바꿔 운전하면서
졸기도 하면서
서로에게 쏟아지는 빛을 서로에게
나눠주기도 하면서

목적지가 없다는 것
그 사실 하나에 우리는 사소하게
웃었다 웃기도 하면서

별이 많은 바닷가 백사장에 나란히 앉아
동 트는 바다를 핸드폰에 담기도 했다

서로가 서로의 목적지였으므로
어디로 가는지 서로에게 묻지 않고
우리는 계속 남쪽으로 갔다

우리는 바다의 이름을 몰랐다
서로의 마음에 있는 바다,
그 작은 바다
우리는 그곳에 겨우 도착했다

돌이켜보면 그 짧은 여행이 사랑이었다

태풍 북상 중

우리는 골목 끝에서 서로를 끌어안았다

하와와, 너에게 꽃을 주려고

1판 1쇄 펴냄 2018년 11월 5일
1판 14쇄 펴냄 2020년 11월 20일

지은이 박진성
펴낸이 신주현 이정희
마케팅 양경희
디자인 조성미
일러스트 일홍
용지 월드페이퍼
제작 (주)아트인
펴낸곳 미디어샘
출판등록 2009년 11월 11일 제311-2009-33호
주소 (03345) 서울시 은평구 통일로 856 메트로타워 1117호
대표전화 02-355-3922 | 팩스 02-6499-3922
전자우편 mdsam@mdsam.net

ISBN 978-89-6857-105-3 04810
　　　 978-89-6857-108-4 (SET)